오늘은 네가 꽃

시를 그리고, 그림을 쓰다.

디자이너 미로의 공원

책을 디자인합니다. 작가의 글을 가장 어울리는 그릇에 담습니다.

✉ miro_park@naver.com

에디터 하순영

머메이드의 도서를 기획, 편집합니다. 머메이드는 독자의 마음에 울림이 남는 콘텐츠를 만듭니다.

⊙ mermaid.jpub

오늘은 네가 꽃

© 2023. 나태주, 신선미 All rights reserved.

1쇄 발행 2023년 1월 11일
2쇄 발행 2023년 4월 28일

지은이 나태주, 신선미
펴낸이 장성두
펴낸곳 머메이드

※ 머메이드는 주식회사 제이펍의 단행본 브랜드입니다.

출판신고 2021년 8월 12일 제2021-000123호
주소 경기도 파주시 회동길 159 3층 | **전화** 070-8201-9010 | **팩스** 02-6280-0405
홈페이지 mermaidbooks.kr | **독자문의** mermaid.jpub@gmail.com

소통기획부 김정준, 송찬수, 이상복, 박재인, 배인혜, 송영화, 권유라
소통지원부 민지환, 이승환, 김정미, 서세원 | **디자인부** 이민숙, 최병찬
용지 타라유통 | **인쇄** 한길프린테크 | **제본** 일진제책사

ISBN 979-11-977723-3-7 03810
값 15,000원

오늘은 네가 꽃

나태주 · 신선미

시를 그리고, 그림을 쓰다.

 미메이드

이래저래 행운입니다

나태주

나는 시를 쓰는 사람입니다. 그래선지 유년 시절의 기억을 놓지 못하고 삽니다. 동화를 좋아하는 것도 그런 까닭입니다. 동화책 읽기는 나에게 많은 위안과 여유, 기쁨을 줍니다. 그러기에 나의 침대 머리맡엔 동화책이 꼭 있게 마련입니다. 저녁 시간에 마음이 불안하거나 잠이 잘 오지 않을 때면 동화책을 꺼내어 읽습니다. 정말로 동화책을 읽다가 잠이 들면 악몽을 꾸지 않아서 좋습니다.

몇 년 전의 일입니다. 인터넷을 통해 신선미 작가의 《개미 요정의 선물》이란 동화책을 알게 되었습니다. 그림이 예뻐서 동화책을 구입해 읽었습니다. 한마디로 감동이었습니다. 작가의 이름이 '신선미'였는데 정말로 '신선한 아름다움'이 거기에 있었습니다. 화시하고 예쁜 한복 차림의 사람들이 나오고, 그림 자체가 많은 말을 해주는 그런 책이었습니다.

오죽했으면 동화책 마지막 장에서 울음을 터뜨렸을까요! 그것은 감동의 울음이었습니다. 그것이 침대 위에서 나 혼자만의 깊은 저녁 시간이었기에 망정이지 만약 곁에 아내가 있었다면 아내는 필경 핀잔줬을 것입니다. 그만큼 신선미 작가의 동화책은 나에게 강한 충격으로 다가왔습니다.

나는 그 감동을 잠재우기 어려워 신선미 작가의 그림 작품 하나를 인터넷으로 구입했습니다. 그 그림은 작가의 원화를 판화로 찍은 것인데 한동안 나의 집필실 한구석, 내 눈에 잘 띄는 자리에 놓여 있었습니다.

그뿐이 아닙니다. 나는 《개미 요정의 선물》을 여섯 권이나 사서 내가 아는 젊은 여성들에게 선물했습니다. 우선 딸아이에게 주고, 영이에게 주고, 숙이, 원이, 동이에게 주고, 며느리에게 주고……

그러고 나서 한참 뒤 책을 준 사람들에게 책 읽은 감상을 물었습니다. 모두 좋았다고 했지만 나처럼 읽고 나서 울었다는 사람은 없었습니다. 어이쿠, 나만 울었구나! 그건 조금쯤 허망한 일이었지만 어쩔 수 없는 일이었습니다.

그런 뒤, 나는 신선미 작가의 또 다른 동화책 《한밤중의 개미 요정》을 사서 읽기도 했고 출판사로부터 전화번호를 알아서 신선미 작가와 통화도 해보았습니다. 원주에 산다고 했습니다. 만나고 싶었지만 다음 기회가 있기를 기다리며 살던 차, 한 출판사로부터 신선미 작가의 그림과 나의 시를 함께 구성하여 색다른 시화집을 내자는 제안을 받았습니다. 아, 내가 동화책을 읽다가 울었는데 그 느낌을 멀리 누군가가 알아주었구나! 그런 감회가 있었습니다.

그림과 시라는 서로 다른 장르에서 각자 완성했던 독립된 작품들인데, 공통된 감성을 발견하여 함께 어우러지게 재구성한다는 기획이 색다르고 특별하다 생각했습니다. 독자분들께서도 이 책을 통해서 특별하고도 새로운 감흥을 만나실 수 있을 것입니다. 이래저래 행운입니다. 감사할 노릇입니다.

소중한
인연에
감사하며 _____

신선미

두 번째 그림책을 출간하고 잠시 휴식기를 가지던 어느 날로 기억합니다. 낯선 번호로 한 통의 전화가 걸려 왔습니다.

"신선미 작가님? 저 나태주입니다."

나태주? 설마 내가 아는 시인 나태주? 나태주 시인?

잠시 멍한 기분이 들었습니다.

출판사에 문의해 내 연락처를 알아내어 연락하셨다고 했습니다. 작가님께서는 나의 그림책에 대한 칭찬과 격려의 말씀을 해주셨습니다. 첫 통화임에도 어색함 없이 많은 얘기를 나누었고, 그 후 서로의 책에 사인해 우편으로 주고받아 간직했습니다.

그때의 인연으로 가끔 안부를 묻고 지내던 작가님과 함께 책을 낼 기회가 찾아왔습니다.

신기했습니다. 그동안 각자의 작품 활동에서 서로 연관되는 주제가 있었다는 것에 감사했고요. 나태주 작가님의 시와 나의 그림에 비슷한 감성이 있었습니다. 특히 그리움과 사랑에 관한 시와 그림은 꽤 잘 어울렸습니다.

　자세히 보아야 예쁘고 오래 보아야 사랑스러운 나태주 작가님의 글
처럼 나의 그림도 그렇게 자세히, 오래 보아주었으면 하는 바람입니다.
　건강하세요, 나태주 작가님. 함께해 주셔서 영광입니다. 그리고 소
중한 책을 만들어주신 머메이드 하순영 편집자님께 감사의 인사를 드
립니다.

Chapter 1.

그리움

Chapter 2.

사랑

Chapter 3.

일상 속

잠은 발견, 보석

자세히 볼수록, 오래 볼수록 아름다운 시와 그림,

나태주 시인과 신선미 화가의 만남 148

아련한 가슴 통증,
그러나 사람을 살리는 힘.
나태주

:
:

다시 돌아오지 않을 시간에 대한 애틋함.
신선미

그리움

안
개

흐려진 얼굴

잊혀진 생각

그러나 가슴 아프다.

🌸 그리움

그
리
움

가지 말라는데 가고 싶은 길이 있다
만나지 말자면서 만나고 싶은 사람이 있다
하지 말라면 더욱 해보고 싶은 일이 있다

그것이 인생이고 그리움
바로 너다.

그것이

인생이고

그리움

바로 너다.

문득

많은 사람 아니다
더더욱 많은 이름 아니다
오직 한 사람,
한 사람의 이름이
나는 오늘 문득
그리운 것이다.

보
고
싶
다

보고 싶다,
너를 보고 싶다는 생각이
가슴에 차고 가득 차면 문득
너는 내 앞에 나타나고
어둠 속에 촛불 켜지듯
너는 내 앞에 나와서 웃고

보고 싶었다,
너를 보고 싶었다는 말이
입에 차고 가득 차면 문득
너는 나무 아래서 나를 기다린다
내가 지나는 길목에서
풀잎 되어 햇빛 되어 나를 기다린다.

그리움

그리움

멀
리

내가 한숨 쉬고 있을 때
저도 한숨 쉬고 있으리
꽃을 보며 생각한다

내가 울고 있을 때
저도 울고 있으리
달을 보며 생각한다

내가 그리운 마음일 때
저도 그리운 마음이리
별을 보며 생각한다

너는 지금 거기
나는 지금 여기.

그리움

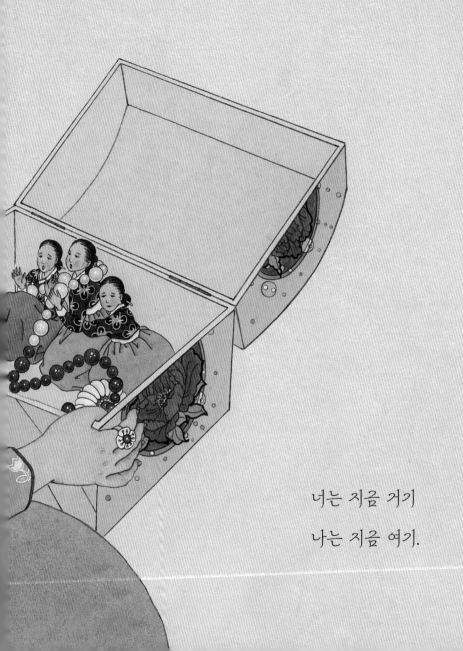

너는 지금 거기

나는 지금 여기.

그리움

어린아이로

어린아이로 남아 있고 싶다

나이를 먹는 것과는 무관하게

어린아이로 남아 있고 싶다

어린아이의 철없음

어린아이의 설레임

어린아이의 투정

어린아이의 슬픔과 기쁨

그리고 놀라움

끝끝내 그것으로 세상을 보고 싶다

끝끝내 그것으로 세상을 건너가고 싶다

있는 대로 보고 들을 수 있고

듣고 본 대로 느낄 수 있는

그리고 말할 수 있는

어린아이의 가슴과 귀와 눈과

입술이고 싶다

있는 대로 보고 들을 수 있고

듣고 본 대로 느낄 수 있는

그리고 말할 수 있는

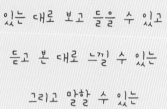
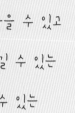

 그리움

어린아이의 가슴과 귀와 눈과

입술이고 싶다

🌸 그리움

눈 위에 쓴다

눈 위에 쓴다
사랑한다 너를
그래서 나 쉽게
지구라는 아름다운 별
떠나지 못한다.

그리움

서
로
가
꽃

우리는 서로가
꽃이고 기도다

나 없을 때 너
보고 싶었지?
생각 많이 났지?

나 아플 때 너
걱정됐지?
기도하고 싶었지?

그건 나도 그래
우리는 서로가
기도이고 꽃이다.

그리움

그건 나도 그래

우리는 서로가

기도이고 꽃이다.

꽃 그늘

아이한테 물었다

이담에 나 죽으면
찾아와 울어줄 거지?

대답 대신 아이는
눈물 고인 두 눈을 보여주었다.

🌸 그리움

봄

봄이란 것이 과연

있기나 한 것일까?

아직은 겨울이지 싶을 때 봄이고

아직은 봄이겠지 싶을 때 여름인 봄

너무나 힘들게 더디게 왔다가

너무나 빠르게 허망하게

가버리는 봄

우리네 인생에도

봄이란 것이 있었을까?

🌸 그리움

🌸 그리움

그
말

보고 싶었다
많이 생각이 났다

그러면서도 끝까지
남겨두는 말은
사랑한다
너를 사랑한다

입속에 남아서 그 말
꽃이 되고
향기가 되고
노래가 되기를 바란다.

Chapter 2.

사랑

작은 것에 대한 관심,
언제나 나를 싱싱하게 해준다.
나태주

:
:

내리사랑 감사히 받았구나,
이제 너도 곧 부모가 될 것이다.
신선미

풀
꽃

자세히 보아야
예쁘다

오래 보아야
사랑스럽다

너도 그렇다.

사랑

한 사람 건너

한 사람 건너 한 사람
다시 한 사람 건너 또 한 사람

애기 보듯 너를 본다

찡그린 이마
앙다문 입술
무슨 마음 불편한 일이라도
있는 것이냐?

꽃을 보듯 너를 본다.

사
랑
은

사랑은
안절부절

사랑은
설레임

사랑은
서성댐

사랑은
산들바람

사랑은

나는 새

사랑은

끓는 물

사랑은

천의 마음.

초
라
한

고
백

내가 가진 것을 주었을 때
사람들은 좋아한다

여러 개 가운데 하나를
주었을 때보다
하나 가운데 하나를 주었을 때
더욱 좋아한다

오늘 내가 너에게 주는 마음은
그 하나 가운데 오직 하나
부디 아무데나 함부로
버리지는 말아다오.

🌿 사랑

오늘 내가 너에게 주는 마음은

그 하나 가운데 오직 하나

부디 아무데나 함부로

버리지는 말아다오.

🌿 사랑

좋은 때

지금이 네 인생에서
가장 좋은 때
그런데 너만 그걸 모르지
그럴 거야
정작 좋은 때는
그게 좋은 때인 줄
몰라서 좋은 때인 거야
사랑하는 사람 있으니 좋고
네 사랑 받아주는 사람 있으니
그 얼마나 좋아
더구나 너의 사랑
순결하니 좋고
너의 사랑 받아주는 사람
어리고 어리니 더욱 좋은 일
의심하지 말아라
더 좋은 사랑 꿈꾸지 말아라

🌿 사랑

너는 새로 솟아나는

풀잎이거나

새로 피어나는 꽃잎이거나

아침 상쾌한 하늘

높이 높이 솟구치는 새들의 날개

그같은 생명, 생명들의 어울림

의심하지 말아라

더 좋은 때를 바라지 말아라

이만큼 보기에도 더없이

네가 좋아 보인다.

황홀극치

황홀, 눈부심

좋아서 어쩔 줄 몰라 함

좋아서 까무러칠 것 같음

어쨌든 좋아서 죽겠음

해 뜨는 것이 황홀이고

해 지는 것이 황홀이고

새 우는 것 꽃 피는 것 황홀이고

강물이 꼬리를 흔들며 바다에

이르는 것 황홀이다

그렇지, 무엇보다
바다 울렁임, 일파만파, 그곳의 노을,
빠져 죽어버리고 싶은 충동이 황홀이다

아니다, 내 앞에
웃고 있는 네가 황홀, 황홀의 극치다

도대체 너는 어디서 온 거냐?
어떻게 온 거냐?
왜 온 거냐?
천 년 전 약속이나 이루려는 듯.

🌿 사랑

풀
꽃

2

이름을 알고 나면 이웃이 되고
색깔을 알고 나면 친구가 되고
모양까지 알고 나면 연인이 된다
아, 이것은 비밀.

사랑

여행의 끝

어둔 밤길 잘 들어갔는지?

걱정은 내 몫이고
사랑은 네 차지

부디 피곤한 밤
잠이나 잘 자기를⋯⋯

부탁이야

오래가 아니야 조금
많이가 아니야 조금
네 앞에서 잠시
앉아있고 싶어

나는 왜 내가 이렇게 되었는지
나도 잘 모르겠어

금방 보고 헤어졌는데도
보고 싶은 네 얼굴
금방 듣고 돌아섰는데도
듣고 싶은 네 목소리

어둔 하늘 혼자서 반짝이는 나는 별
외론 산길에 혼자서 가는 나는 바람

❦ 사랑

웃는 네 얼굴 조금만 보고
예쁜 목소리 조금만 듣고
이내 나는 떠나갈 거야
그렇게 해줘 부탁이야

나는 왜 내가 이렇게 되었는지
나도 잘 모르겠어.

그런 사람으로

그 사람 하나가
세상의 전부일 때 있었습니다

그 사람 하나로 세상이 가득하고
세상이 따뜻하고

그 사람 하나로
세상이 빛나던 때 있었습니다

그 사람 하나로 비바람 거센 날도
겁나지 않던 때 있었습니다

나도 때로 그에게 그런 사람으로
기억되고 싶습니다.

🌿 사랑

그 사람 하나가

세상의 전부일 때

있었습니다

사랑

바
람
부
는
날

너는 내가 보고 싶지도 않니?
구름 위에 적는다

나는 너무 네가 보고 싶단다!
바람 위에 띄운다.

사랑

나는 너무 네가 보고 싶단다!

바람 위에 띄운다.

너를 두고

세상에 와서
내가 하는 말 가운데서
가장 고운 말을
너에게 들려주고 싶다

세상에 와서
내가 가진 생각 가운데서
가장 예쁜 생각을
너에게 주고 싶다

세상에 와서
내가 할 수 있는 표정 가운데
가장 좋은 표정을
너에게 보이고 싶다

🍃 사랑

이것이 내가 너를

사랑하는 진정한 이유

나 스스로 네 앞에서 가장

좋은 사람이 되고 싶은 소망이다.

내
가
너
를

내가 너를
얼마나 좋아하는지
너는 몰라도 된다

너를 좋아하는 마음은
오로지 나의 것이요,
나의 그리움은
나 혼자만의 것으로도
차고 넘치니까……

나는 이제
너 없이도 너를
좋아할 수 있다.

❧ 사랑

괜찮아

괜찮아 서툴러도 괜찮아

서툰 것이 인생이란다

조금쯤 틀려도 괜찮아

조금씩 틀리는 것이 인생이란다

어찌 우리가 모든 걸

미리 알고 세상에 왔겠니!

아무런 준비도 없이

세상에 온 우리

아무런 연습도 없이

하루하루 사는 우리

경기하듯 연습을 하고

연습하듯 경기하란 말이 있단다

우리 그렇게 담담하게

하루하루 순간순간을 살자

틀려도 괜찮아

조금쯤 서툴러도 괜찮아.

🌿 사랑

81

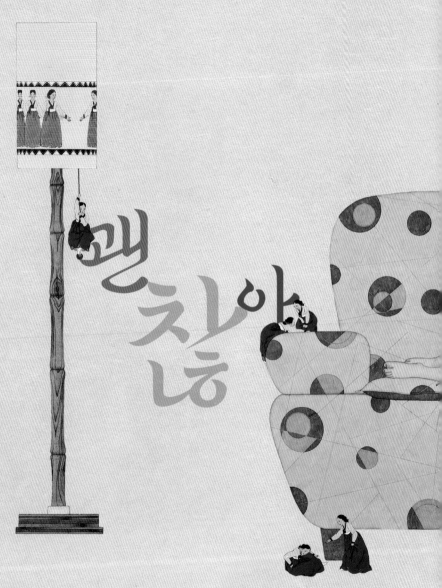

괜찮아

🌱 사랑

틀려도 괜찮아

조금쯤 서툴러도 괜찮아.

사랑

조그만 세상

너는 귀가 조그만 아이다
그러므로 너를 사랑하고 있는 동안 나의 세상은
조그만 세상이 될 것이다

너는 맑은 눈빛과 깨끗한 영혼을 가진 아이다
그러므로 너를 사랑하고 있는 동안 나의 세상은
맑고 깨끗한 세상이 될 것이다

너는 웃음소리가 귀엽고 웃는 얼굴이 복스러운 아이다
그러므로 너를 사랑하고 있는 동안 나의 세상은
귀엽고 복스러운 세상이 될 것이다.

사랑

엄마의 말

아가야 미안해

그렇지만 아가야
엄마가 지켜보고 있으니
너무 걱정하지 말아라

아가야, 사랑한다.

명절

할머니가

손자를 만나 얘기했다

좋은 세상이다

잘 살아라

손자가

할머니에게 대답했다

좋은 세상이에요

할머니도 오래 사세요.

🌿 사랑

기도

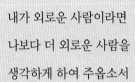

내가 외로운 사람이라면
나보다 더 외로운 사람을
생각하게 하여 주옵소서

내가 추운 사람이라면
나보다 더 추운 사람을
생각하게 하여 주옵소서

내가 가난한 사람이라면
나보다 더 가난한 사람을
생각하게 하여 주옵소서

🌿 사랑

그리하여 때때로

스스로 묻고

스스로 대답하게 하여 주옵소서

나는 지금 어디에 와 있는가?

나는 지금 어디로 향해 가고 있는가?

나는 지금 무엇을 보고 있는가?

나는 지금 무엇을 꿈꾸고 있는가?

당신도 부디

아무래도 말기 행성인 지구
이 지구에 와서 만난 당신
가장 정다운 사람인 당신

우리가 만나고 헤어지고
가슴 졸여 사랑했던 일들을
오래도록 기억하고 싶습니다

주황빛 혼곤한 슬픔과
성가신 그리움이며 슬픔까지
오래오래 간직하고 싶습니다

당신도 부디 그래 주시기 바랍니다.

🌿 사랑

Chapter 3

일상 속
잘은 발견, 복
석

인생은 날마다 새날,
당신은 날마다 새사람입니다.
나태주
:
:
마음을 다한 그때가 가장 행복한 것.
신선미

시

그냥 줍는 것이다

길거리나 사람들 사이에
버려진 채 빛나는
마음의 보석들.

 일상 속 작은 발견, 보석

여행에의 소망

그곳이 그리운 것이 아니라
그곳에 있는 네가 그리운 것이다

그곳이 보고 싶은 것이 아니라
그곳에 있는 네가 보고 싶은 것이다

너는 하나의 장소이고 시간
빛으로도 도달할 수 없는 나라

네가 있는 그곳이 아름답다
네가 있는 그곳에 가고 싶다

네가 있는 그곳에 가서 나도
그곳과 하나가 되고 싶다.

제주공항

마음 울적할 때

어딘가 멀리

떠나고 싶을 때

마음이 그냥 지옥일 때

제주도라도 없었으면

어쩔뻔했나

국토의 누이여

물 건너 땅 막내 형제여

남쪽 바다를 품에 안고

어제도 오늘도 또 내일도

그 자리 꿋꿋하게

잘 계시니 고마워라

태풍 몰아쳐 바람 드센 날

몰려와 눈이 내려 하늘땅

모두 덮는 날에도

내 그대 가슴에 안고

평안하시라 어여쁘시라

기도하고 빌었더니라.

어여쁨

무얼 그리 빤히 바라보고
그러세요!

이쪽에서 보고 있다는 걸
안다는 말이다

제가 예쁘다는 걸
제가 먼저 알았다는 말이다.

그
래
도

나는 네가 웃을 때가 좋다
나는 네가 말을 할 때가 좋다
나는 네가 말을 하지 않을 때도 좋다
뾰로통한 네 얼굴, 무덤덤한 표정
때로는 매정한 말씨
그래도 좋다.

아름다운 사람

아름다운 사람
눈을 둘 곳이 없다
바라볼 수도 없고
그렇다고 아니 바라볼 수도 없고
그저 눈이
부시기만 한 사람.

오늘의 꽃

웃어도 예쁘고
웃지 않아도 예쁘고
눈을 감아도 예쁘다

오늘은 네가 꽃이다

 일상 속 작은 발견, 보석

대답은 간단해요

당신, 내 앞에 있을 때 제일 예뻐요
웃는 얼굴도 예쁘고
찡그린 얼굴까지 예뻐요

대답은 간단해요
내가 당신 사랑하고 있기 때문이에요
알고 있기 때문이에요

나도 당신 앞에 섰을 때가 가장
마음 편하고 즐거워요 당당해요
그 또한 당신이 나를 사랑한다는 걸
내가 마음속으로 잘 알고 있기 때문이겠지요.

🌸 일상 속 작은 발견, 보석

네비언니

다섯 살 남자 애기
아빠가 운전하는
자동차 타고 다니다가
네비게이션에서 흘러나오는
젊고도 친절한 여자
목소리 듣고는
엄마, 저 누나 어디 살아?
나, 저 누나 만나고 싶어
말했다 그런다.

애기야
이 할아버지도 때로는
그 언니
만나보고 싶을 때가 있었단다.

보도블록 위로

보도블록 위로 개미 세 마리
먹이를 물고 죽을 둥 살 둥
제집으로 돌아가고 있다
저벅저벅, 저벅
저편에서 걸어오는
세 사람의 발
신발 하나가 개미 한 마리를 덮쳤다
아이쿠!
다시 신발 하나가 개미 한 마리를 비꼈다
아이쿠! 살았구나
세 번째 신발이 세 번째 개미를 덮쳤다
아이쿠! 또 당했네
하나님 혼자 보시며
마음 태운 날이 있었다.

우
정

고마운 일 있어도 그것은
고맙다는 말
쉽게 하지 않는 마음이란다

미안한 일 있어도 그것은
미안하다는 말
쉽게 하지 못하는 마음이란다

사랑하는 마음 있어도 그것은
사랑한다는 말
쉽게 하지 않는 마음이란다

네가 오늘 나한테 그런 것처럼.

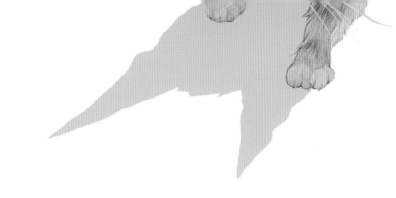

선물

선물을 주고 싶다고?

선물은 필요치 않아

네 얼굴과 네 목소리와 너의 웃음이

나에겐 선물이야

너 자신이 나에겐

그 무엇과도 바꿀 수 없는

오직 하나뿐인 선물이야

네가 그걸 알기나 하는지 모르겠다.

네가

그걸

알기나

하는지

모르겠다.

🌸 일상 속 작은 발견, 보석

돌멩이

흐르는 맑은 물결 속에 잠겨
보일 듯 말듯 일렁이는
얼룩무늬 돌멩이 하나
돌아가는 길에 가져가야지
집어 올려 바위 위에
놓아두고 잠시
다른 볼일 보고 돌아와
찾으려니 도무지
어느 자리에 두었는지
찾을 수가 없다

혹시 그 돌멩이, 나 아니었을까?

가을 정원

폐가, 무너진
망해버린 왕국

지난여름
우리의 사랑은 얼마나
치열했던가!

버려진 문장
잊혀진 언약.

인생

자전거를 타고 가다가
같은 장소에서 두 번이나
넘어져서 무릎을 깼다

아, 인생이란
그렇게 하면 안 된다는 것을
배우는 것이구나!

새삼 깨닫게 되었다.

일상 속 작은 발견, 보석

산을 바라본다

속상한 일
답답한 일
섭섭하고 마음 맺힌 일
있을 때마다
산을 바라본다

턱을 괴고 앉아
산을 부러워한다

어쩌면 저리도 푸르고
저리도 의젓하고 넉넉하며
가득히 아름다울까?

일상 속 작은 발견, 보석

너무 속상해하지 말게

너무 답답해하지 말게

너무 섭섭해하지 말게

오늘도 산은 내게 넌지시

눈짓으로 타일러

말하고 있다.

자
탄

깨달은 사람이 아닌 것이
얼마나 다행스런 일인지 몰라
깨닫지 못한 사람인 것이
얼마나 더 좋은 일인지 몰라

만약 내가 깨달은 사람이었다 생각해봐
이 세상 모든 걸 알고 있는 사람이었다면
세상 살맛 꽝이지 뭐야
그건 얼마나 재미없는 일이겠냐 말야

살아도 살아도 모르는 것 천지
읽어도 읽어도 산더미같이 쌓이는 책들
아, 만나도 만나도 정다운 사람들
이 무진장, 무진장의 재미

나한테 당신!
당신한테 나!

🌼 일상 속 작은 발견, 보석

그대의 단잠

그러자 그래
고달픈 하루
고마운 저녁
그리고 어둠
더더욱 단잠.

별
하나

잠을 청하려는데
창문에 별 하나
잠들지 못하고
나를 들여다본다

별아, 들어와
나하고 함께
잠들지 않으련

가슴을 열어주자
방안으로 들어와
침대 곁에 눕는 별

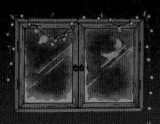

그러나 그 별

밤새도록 창문에 붙어서

잠든 나의 이마를 지켜보다가

날이 밝아오자

제 갈 길로 떠났음을

잠든 내가 미처 몰랐을 따름.

잠든 내가
미처
몰랐을 따름.

날이 밝아오자

제 갈 길로

떠났음을

일상 속 작은 발견, 보석

눈부신 세상

멀리서 보면 때로 세상은

조그맣고 사랑스럽다

따뜻하기까지 하다

나는 손을 들어

세상의 머리를 쓰다듬어준다

자다가 깨어난 아이처럼

세상은 배시시 눈을 뜨고

나를 향해 웃음 지어 보인다

세상도 눈이 부신가 보다.

너 거기에

너 거기에 있거라
가까이 오지 말고
그 자리 지켜 거기에 있거라

향기론 입술
부드러운 숨소리
그냥 그대로
아 눈부신 눈빛 그대로

그 자리 지켜 있으면
어느새 너는 꽃이 되고
새암물 되고 강물이 되고
드디어 산이 되기도 할 것이니

일상 속 작은 발견, 보석

나도 당분간은 너를 지켜

여기 있으마

부지런히 숨 쉬며

졸지 않고 다른 꿈 꾸지 않고

여기 있으마.

공명

904호

우리 집 앞집 아파트

새로 이사 온 젊은 아낙네

아침마다 만들어내는 피아노 소리

딩동댕동, 딩동

9월의 아침 햇살을 더욱

방글방글 피어오르게 하고

앞산의 나무들도 공중에

떠올라 헤엄치게 하고

아파트 한 동을 통째로 하늘에

두둥실 들어 올려 춤추게 한다.

봄
맞
이
꽃

봄이 와
다만 그저 봄이와
파르르 떨고 있는
뽀오얀 봄맞이꽃
살아 있어 좋으냐?
그래, 나도 좋다.

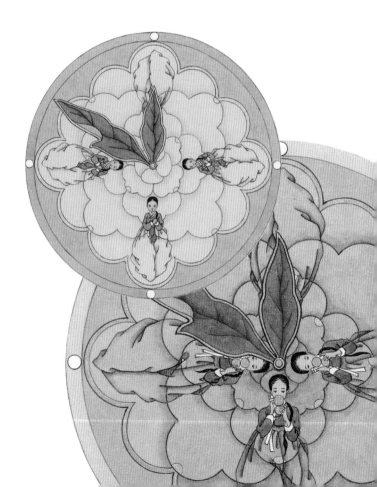

좋은 말

사랑합니다

그보다 좋은 말은
지금도 생각합니다

더 좋은 말은
우리 오래 만나요.

일상 속 작은 발견, 보석

자세히 볼수록, 오래 볼수록 아름다운 시와 그림,
나태주 시인과 신선미 화가의 만남

신선미 화가의 그림은 섬세하다. 그림 속 인물의 지그시 내리깐 눈에 머무는 속눈썹, 곱게 빗어 땋은 머리카락 한 올, 한 올이 실감 나고, 한복과 장신구 문양 하나하나가 섬세하고 완벽하다. 하지만 이게 다가 아니다. 좀 더 자세히 보자. 그림 속 소품과 작은 등장인물들이 유머러스하게, 때로는 뭉클하게 펼치고 있는 이야기를 발견할 수 있다. 때론 엉뚱하고, 때론 새침한 듯 보이지만 화가가 들려주는 궁극적인 이야기는 항상 따뜻함으로 귀결된다. 나태주 시인의 시 내용과 닮은 모습이다. 작고 여린 것들에 대한 따뜻한 시선과 애틋함, 그리고 유머.

이런 특징으로 신선미 화가의 기존 작품들을 나태주 시인의 시와 어울리게 짝지어 보았다. 비슷한 감성이 통해서일까? 각자 따로 지어졌던 시와 그림이 만나 새로운 이야기가 만들어졌다.

그래도 신선미 화가의 그림들이 맨 처음 시를 위해 그렸던 것은 아니기에 원화에 담긴 사연은 사실 따로 있다. 원화 속 배경 이야기를 화가의 목소리로 들어보자.

다시 만나다 5
50×50cm, 장지에 채색, 2014

"그림 속 여자아이, 작가님 딸인가요?"

인터뷰 때마다 듣는 질문이다. 사실 나에겐 딸이 없고, 그림 속 여자아이는 아들의 얼굴이다. 〈다시 만나다〉 시리즈에는 어린 시절로 돌아간 내가 자주 등장한다. 아들은 그때의 나와 닮았다. 그래서 내 어린 시절 모델로 아들을 그렸다. 그림의 모델이 되어준 아들이 완성된 그림을 볼 때마다 표정이 썩 좋지 않다.

"쟤가 나라고 친구들한테 어떻게 말해요?!"

아들, 미안!

다시 만나다 4
76×110cm, 장지에 채색, 2014

화장품 회사 아모레퍼시픽에서 협업 제안이 들어왔다.

회사의 대표 한방 화장품 브랜드 설화수의 스토리를 만들어야 했다. 나는 개미 요정들이 약초를 옮겨 나르고 그 끝에 완성된 화장품이 놓여있는 콘셉트로 그림을 그렸다. 하지만 작업 도중 콘셉트가 바뀌어 협업 계획이 취소되고 말았다.

아쉬웠지만, 어차피 이 작업을 위해 그렸던 책상 위 개미 요정만 있는 그림을 건네준 후 그 그림의 배경에 소녀를 넣어 새로운 그림으로 완성하려 했었다. 약초를 준비하는 개미 요정만 있던 그림에서, 요정이 끓여준 차를 달여 마시는 소녀로 확장된 그림이 〈다시 만나다 4〉 다. 완성하자마자 해외에 출품되고 국내에선 선보일 수 없었던, 기억에 남는 그림이다.

누나누나

145.5×112cm, 장지에 채색, 2021

"꼬마 신랑과 연상의 신부를 그려주세요."

제주도 어느 예식장에서 작업 의뢰가 들어왔다.

꼬마 신랑이라… 난 속으로 기뻐하며 당장 아들의 모습을 스케치하기 시작했다.

"또 뭘 그리려고요?" 불안한 듯 아들이 내게 물었다.

"있어봐, 너 요즘 좋아하는 누나 없어? 엄마가 예쁘게 그려줄게."

스케치가 점점 완성되는 걸 지켜보던 아들은 옆에서 깊은 한숨을 쉬어댔다. 사탕 반지를 바치며 어설프게 고백하는 자신의 모습이 부끄러웠던 모양이다. 채색이 시작될 때 원래의 계획에서 여인의 대례복은 청색 바탕에 꿩이 그려진 옷이었다. 붉은색은 왕비가 입는 옷이라 세자빈이 입는 청색 대례복을 그리려 했지만 작품 의뢰자의 의사를 반영해 붉은색 대례복으로 완성했다.

나는 당신이 그립습니다 2

54×44cm, 장지에 채색, 2018, 태평서곡, 〈국립국악원 태평서곡 공연 포스터〉

국립국악원 공연 포스터 제안이 왔다. 공연 '태평서곡'을 동양화로 표현하는 것이었다. 나는 이전 공연 영상을 여러 차례 보며 복식과 그외 자료들을 수집했다. 그리고 역사적 사실에 약간의 상상력을 더한 그림을 완성했다.

효심이 깊은 정조가 어머니 혜경궁 홍씨를 위해 회갑연을 열었다. 그림 속에서 두 사람은 연회가 끝나고 과거로 돌아간다. 평화로웠던 시간 속에서 자신에게 꽃반지를 끼워주는 어린 정조를 바라보며 그녀는 그 시절의 남편을 그리워했을까?

역사에서 혜경궁 홍씨가 남편 사도 세자를 '버렸다', 혹은 '잃었다'는 두 가지 해석이 있지만 나는 '잃었다'는 것에 포커스를 두고 작업에 임했다. 하지만 공연 내용에 들어가지 않는 장면이라 하여, 포스터 제작이 공연 팸플릿과 굿즈 상품으로 변경되었다. 그리고 바로 다음 해 국립국악원 콘서트에 초청되어 이 그림을 무대 위에 올릴 수 있었다.

Oops 3 72×60cm, 장지에 채색, 2011

선물 받은 화장품들이 어느 날부턴가 심하게
마모되는 듯했다. 이상하게 여기다 현장을 보
고 말았다. 범인은 아들 녀석이었다. 현장에서
바로 들켜 혼나기 일보 직전의 상황 속에서도
녀석은 순간적으로 기지를 발휘했다. 마치
자신은 아니라는 듯 눈을 동그랗게 뜬
모습에 차마 혼낼 수 없었다.
그래, 요정이 그랬나 보네.

도자기 요정 2

93×70cm, 장지에 채색, 2013

알라딘의 요술 램프 요정처럼 도자기에서 흘러나오는 한국식 요정이다. 국보급 도자기에 이어 요강 단지까지 등장한다. 사실 미리 말해주지 않으면 아무도 요강이 그려졌다는 사실을 모른다. 난 요강도 우리의 소중한 전통 도자기라고 생각한다.

mini & skirt
〈미니쿠퍼 60주년 기념 캘린더〉

영국의 의상 디자이너 메리
퀸트는 자동차 MINI로부터
영감을 받아 스커트를 디자
인했고, 그 이름을 따 미니스
커트라 이름 붙였다고 한다.
나 역시 한복과 MINI의 연
관성을 찾고자 하였다.

Memory 2021,
80×64cm
〈강릉 국제영화제 포스터〉

한복을 입은 여인이 세계 최
초의 카메라, 인화기, 영사기
인 시네마토그래프로 해가
떠오르는 강릉의 바다를 관
객을 향해 영사하는 모습을
담았다.

Butter 2021
〈계촌 클래식 축제 포스터〉

이 그림 제목이 왜 〈Butter 2021〉인지 아는 사람이 있을까?
2021년 봄, BTS의 곡이 빌보드 차트 1위로 뉴스마다 떠들썩했다.
마침 포스터 제작 의뢰도 있었고, 살면서 또 이런
일이 있을까 싶어 기념으로 그림 속에 BTS의 노래,
'Butter' 악보를 넣었다. 주인공과 요정들이 이 곡을
연주하는 장면을 연출해 보았다. 포스터가 완성되
었을 땐 10주 연속 1위였다.

황석영 소설 《바리데기》 표지

2007년 창비 출판사에서 황석영 작가의 소설 《바리데기》 표지 그림 작업을 요청해왔다. 내 겐 화가로 활동하며 처음 들어온 협업 제안이었다.

당시 나는 개인전 준비로 바빴고, 표지 마감 기간도 짧아 이 제안을 거절할까 고민하고 있었다. 하지만 단순히 스케줄이 겹쳐 이 기회를 포기하려는 내게 주변에서 타박이 이어졌다. "융통성이 없다.", "이건 반드시 해야 되는 거다." 등등.

생애 처음으로 찾아온 협업의 기회를 날려버리려고 하니 어지간히 답답했던 모양이다. 기회는 기회였나 보다. 개인전 소식보다 《바리데기》 표지가 더 빨리 퍼져 나갔으니!

나태주 풀꽃문학관

충청남도 공주에 풀꽃문학관이 있다. 이곳은 2014년에
개관하였고, 나태주 시인이 문인들이나 문학 지망생들, 찾
아오는 관람객들에게 강의도 하고 담소도 나누는 공간이
자 문학에 관심 있는 사람들의 소통 공간이기도 하다.
현재 이곳은 제비집처럼 작은 집 한 채지만, 향후 강의실,
세미나실, 수장고, 전시실 같은 문학관 시설을 갖춰 사람

들과 같이 숨 쉬고 활동하는 살아 있는 공간이 되고자
한다.
해마다 풀꽃문학상을 수여하고 있고, 10월에는 나태주 시
인, 문인, 관광객들이 함께하는 풀꽃문학제를 개최한다.
이 축제는 가족 백일장, 콘서트, 토크쇼, 문화 체험 등 다
채로운 프로그램으로 구성되어 있다.

훌훌 * 기죽지 말고 살아봐 꽃 피워봐 참 좋아.